성장은 그만큼 과거를 받아들이는 것

2023년 단풍질 때에

송 경아

무지개나래 반려동물 납골당

무지개나래 반려동물 납골당

송경아

위즈덤하우스

1

무지개나래 반려동물 납골당은 경기도 P시
시청역에서 15분 정도 지하철을 타고 내려,
다시 5분 정도 벽돌 길을 따라 걸으면 나온다.
다른 납골당과 마찬가지로 외장은 햇빛이 잘
드는 유리 벽으로 되어 있고, 안으로 들어가면
안치함이 6단에서 8단까지 짜여 있다.
반려동물 납골당이라는 특수성 때문에 1년
단위로 재계약을 할 수도 있고, 영구 안치를

할 수도 있다. 관리인이 상주하는 관리동도 따로 있다. 강아지동과 고양이동, 햄스터동과 다른 반려동물동이 분류되어 있어 참배객들이 자기 반려동물을 참배하기 쉽다. 1년 365일 휴무일이 없고, 아침 10시부터 저녁 6시까지만 운영한다.

무지개나래 반려동물 납골당은 내 어머니, 김연우 씨가 운영하던 곳이다. 김연우 씨는 2012년 태어나 2039년 4월 동갑인 내 어머니 박세희 씨와 결혼했다. 어머니들이 연애한 지 2년째, 동성결혼이 제도화된 지 4년째 되던 해였다.

어머니들의 평화로운 신혼은 짧았다. 그해 10월, 전 세계 곳곳에 차원 문이 열리면서 차원 간 이동자들이 쏟아져 들어왔다. 그때까지 열리지 않았던 차원 문이 갑자기 왜 열렸는지는 아직껏 아무도 모른다. 하지만 모든 일에는 최초가 있는 법이다. 차원 문은 그때 최초로 열렸고 아직도 닫히지 않았다. 이제는 차원 문마다 각 나라 정부의 경비 병력들이 지키고 있다.

맨 처음 한국에서 중국 하늘을 가로지르는 거대한 차원 문으로 이동한 이동자는 봉황이었다. 사실 우리가 환상 동물을 마주한 것은 그때가 처음이었으므로, 그때 그 생물이 봉(鳳)이었는지 황(凰)이었는지는 잘 알 수 없다. 봉황이 한국과 중국 하늘로 다 빠져나오는 데만 아홉 시간이 걸렸다. 그러나 봉황은 우리 문명을 한 번 훑어보더니 "볼 것 없어……" 하는 말만 남기고 도로 아홉 시간을 들여 빠져나가 버렸다. 그 말은 한국어도, 중국어도, 어느 나라 말도 아니었는데 우리 모두에게 전달되었다. 우리 인간들, 특히 동아시아 인간들은 허탈감과 모멸감을

느꼈다. 그때 이후 봉황은 우리 차원에 다시는
나타나지 않았다.

그다음에는 세계 곳곳에 열린 차원 문으로
온갖 이동자들이 들어오기 시작했다. 평야와
숲의 유니콘, 사막의 스핑크스와 바실리스크,
바다의 크라켄과 인어, 민물의 운디네와
루살카, 초원의 페어리, 양지바른 언덕의
구미호, 그 외에 듣도 보도 못한 괴물들이
나타났다가 가버리기도 하고 눌어붙으려
들기도 했다. 신기하게도 그들 대부분과
의사소통은 되었다. 아마도 우리는 말이
아니라 텔레파시 같은 것으로 서로 뜻을
알아들을 수 있는 듯했다.

이동자들이 여기저기서 건너오면서 전
세계가 뒤숭숭해졌다. 우호적인 이동자들도
있었고, 명백히 침략의 의도를 가진
이동자들도 있었다. 다행인 것은, 침략적인

이동자들 중에서 인간만큼 수가 많고 화력이 센 동물은 의외로 많지 않았다는 점이다. 바실리스크와 만티코어는 최신 폭격기를 이길 정도로 강하지는 않았고, 크라켄은 범선 시대라면 위험했겠지만 핵잠수함을 위협할 정도는 아니었다. 게다가 수가 적고 협동을 하지 않았다. 몇 번의 교전 끝에 그들은 지구를 떠났다. 그들은 자신의 차원에서도 먹이사슬의 정점에 올라 있는 포식자들이었다. 굳이 지구에 와서 인간과 경쟁할 필요가 없었다.

오히려 골치 아픈 것은 자신들의 차원이 정치적으로든, 자연적으로든 척박해서 떠나온 이주민들이었다. 루살카나 페어리, 구미호 같은 종족들은 눈물을 흘리며 난민 지위를 요청했다. 그들의 차원에서는 차원 전체를 뒤덮는 전쟁이 벌어지거나 기후 위기로 식량이 부족해지거나 차원이 황폐화되어

간다고 했다. 우리도 똑같은 문제를 겪고
있다고 말해보았자 그들에게는 통하지 않았다.
그들의 차원은 우리보다 더욱 황폐하고
사나웠기 때문이다. 루살카는 자기네들이
브리타 정수기에서도 살 수 있다고 애원했다.
페어리들은 가정용 스마트 팜에서라도
살겠다고 했다. 구미호는 자신들을 조금 큰
고양이처럼 길러달라고 했다. 인간이 보기에
모두 말도 안 되는 소리인 것은 둘째 치고,
각 나라 정부는 차원 간 난민을 인정하면
인간끼리의 난민 지위도 확대될 것을 겁냈다.
그나마 북미와 유럽 정부들은 얼마간 차원
난민을 받아들였으나, 기타 대륙에서는 차원
난민을 받아들이는 정부가 거의 없었다.

　　차원 난민이 쏟아져 들어오는데 그중에서
돌아가려는 이는 아무도 없다면, 그리고
정부가 난민을 받아들이지 않는다면,

필연적으로 난민 수용소가 세워질 수밖에 없었다. 대부분의 수용소들이 그렇듯이 난민 수용소의 환경도 답답하고 비위생적이며 부자유스러웠다. 좁은 면적에 최대한 빽빽하게 난민을 수용하고, 심지어 가족을 따로 격리해 수용했기 때문에 한국의 난민 수용소는 특히 악명이 높았다.

그즈음부터 내 어머니, 박세희 씨는 차원 난민 운동을 시작했다. 그는 차원 난민을 우리 곁에 받아들이는 일이 인간 난민을 받아들이는 일과 밀접하게 연계되어 있다고 믿었고, 차원 난민에 대한 인도적인 처우와 난민 지위의 인정을 호소했다. 여기저기 글을 쓰고 시위에 나갔으며, 차원 난민과 관련된 행사라면 어디든지 달려갔다. 김연우 어머니도 혼인 전에 동성결혼 제도화 운동에 참여하던 사람이었기 때문에, 반려자의 운동을 고깝게 보지 않았다. 동참은 하지 못했지만, 대출을 받아 P시에 반려동물 납골당을 세우고 운영하며 남는 돈의 일정 부분을 꼬박꼬박 난민 운동 단체에 기부했다. 반려동물 납골당 사업의 전망은 불투명했지만, 그즈음 어머니들은 나를 입양하기로 결정했다. 그것도 경제적으로 용기 있는 행동이었다고 생각한다.

2040년 9월 어머니들은 나의 입양 신고를 마쳤다. 어머니들과 갓난쟁이 박김소현은 그렇게 함께 살기 시작했다. 어머니들은 나를 눈에 넣어도 아프지 않을 만큼 예뻐했다. 그럴수록 박세희 어머니는 열성적으로 운동을 했고, 김연우 어머니는 박세희 어머니를 음으로 양으로 도왔다. "소현이가 커서 우주의 모든 차원 주민들과 다 함께 우호적으로 지낼 수 있는 어린이가 된다면 좋겠어. 소현이가 다 자랐을 때는 우주에서 어떤 차원 주민들이

와도 반가이 맞을 수 있는 지구가 되었으면 좋겠어"가 박세희 어머니의 입버릇이었다고 한다.

그렇다. 그랬으면 좋았을 것이다.

유감스럽게도 그 당시의 정부는 거의 모든 형태의 반정부적 집회와 시위, 노동운동과 시민운동에 적대적인 우파 정부였다. 초등학교 3~4학년이 되었을 무렵 그때의 이야기를 들을 때마다 나는 눈을 동그랗게 뜨고 "왜 우리 국민이 그런 정부를 뽑았어요?" 하고 묻곤 했다. 그러면 김연우 어머니는 지친 미소를 띠고 "글쎄다. 왜인지는 몰라도 우리 국민은 그런 정부를 자주 뽑았단다. 한두 번 있던 일이 아니야" 하고 대답했다. 해마다, 달마다, 나중에는 거의 주말마다 반정부 시위가 일어났고 경찰은 시위 군중을 진압하기 위해 폭력을 휘두르곤 했다. 박세희 어머니는 그때마다 시위에 나갔고, 어린 나를 데리고 나갈 수도 없고 주말에 나를 맡길 데도 없었던 김연우 어머니는 조마조마한 마음을 다스리며 시위를 중계하는 시민 방송을 보았다.

2042년 6월, 아직 무더위가 오지 않아 하늘은 파랗고 햇볕이 뜨겁던 토요일 오후에도 박세희 어머니는 시위에 나갔다. 그때 나는 만 두 살이 다 되었기 때문에 "엄마, 잘 다녀오세요"라는 말을 할 수 있었고, 박세희 어머니는 나를 번쩍 들어 꼭 껴안아주고 나갔다. 그리고 그 시위에서 박세희 어머니는 신원 불명의 경찰에게 진압봉으로 맞아 죽었다.

2042년에, 시위 진압 경찰에게, 맞아 죽었다.

김연우 어머니는 시민의 소리 방송에서 받은 파일을 남겨놓았지만, 어머니도 나도 그

파일을 여러 번 재생해보지는 않는다. 중학교 때 딱 한 번 본 파일에 찍힌 박세희 어머니의 얼굴은 일그러져 있고 사방으로 마구 흔들렸다. 옆에서, 뒤에서 "그만해요! 그만해! 때리지 마! 사람 죽어요!" 하는 고함 소리가 이중 삼중으로, 마구 흐트러진 합창으로 난다. 정체를 알 수 없는 경찰의 몽둥이와 팔이 마구 내리쳐진다. 경찰의 발아래에서 몸을 빼려고 안간힘을 쓰던 박세희 어머니의 머리가 어느 순간부터 움직이지 않는다. 그리고 끝이었다.

정국이 들끓었고 언론은 책임 소재를 물었다. 김연우 어머니는 책임자의 사과와 재발 방지를 약속받을 때까지 장례식을 치를 수 없다고 단호히 말했고, 그 때문에 박세희 어머니의 원가족과도 싸워야 했다. 박세희 어머니의 원가족은 본래부터 박세희 어머니의 동성결혼도, 운동도 이해하려 들지 않았다.

보수 언론은 이념에 사로잡혀 천륜을 어기는 며느리상을 그렸고, 진보 언론은 원가족의 몰이해 속에서 어린 딸과 함께 고인의 유지를 이어나가는 부인상을 그렸다. 누가 뭐라고 하든, 김연우 어머니는 꼭 필요한 말밖에 하지 않았다. 결국 국회에서 한 달여의 공방이 이어진 다음, 해당 경찰 부대가 해체되고 국무총리가 박세희 어머니의 죽음에 대해 대국민 사과를 한 후에야 우리는 어머니의 장례식을 치를 수 있었다. 그때 그 경찰이 누구인지는 아직도 밝혀지지 않았다.

대국민 사과는 '국민'에 대한 사과일 뿐이었다. 가만히 앉아 있으면 가마니가 될 뿐이라고 했던가. 사람들은 '그 집 배상금 많이 받았겠다'고 수군거렸지만, 배상금은, 목숨과 바꾼 돈이라고 해도 가만히 앉아 있으면 행정복지센터에서 나와서 가져다주는 것이

아니었다. 김연우 어머니는 내가 중학생이
될 때까지 민변과 함께 지난한 소송의 벽을
넘어 겨우 3억 원의 국가폭력 배상금을
받았고, 그중 2억 5천을 차원 난민 지원
재단에 기부했다. 전액 쾌척이 아니었기
때문인지 언론에 실리지도 않았지만 어머니는
신경 쓰지 않았다. 오히려 내가 섭섭했다.
중학생이면 제법 돈을 아는 나이였기 때문에
2억 5천이라는 적지 않은 돈을 망설이지 않고
남을 돕는 일에 던진다는 것이 아깝기도 했고,
그걸 아무도 안 알아준다는 것에 화가 나기도
했다.

2

그동안 나는 무엇을 했을까? 대체로
다른 아이들과 마찬가지로 성장했고, 대체로

심심했다. 엄마는 어린 내가 이해할 수 없는 이유로 늘 바빴다. 손님들이 많았지만 나와 놀아줄 사람은 아무도 없었다. 일 관계로 오는 손님들은 슬픔에 잠겨 작은 항아리 하나와 각종 장식품을 들고 왔고, 엄마는 손님들에게 인사를 한 뒤 경건하게 항아리와 장식품을 받아 장식장—어린 내 눈에는 그렇게 보였다—에 넣었다. 나머지 시간에는 늘 전화를 하고 다른 부류의 손님들과 이야기를 하느라 정신이 없었다. 나는 어린 나이부터 혼자 노는 법을 배웠다. 우리는 필로티 구조의 2층짜리 관리동에 살았는데, 1층에는 엄마들의 주차장과 납골당 관리에 쓰는 물품을 넣어놓는 창고가 있었고 2층에는 방 세 개짜리 살림집이 있었다. 하지만 실제로 쓰는 방은 침실 하나밖에 없었다.

침실은 넓고 햇빛이 잘 들었다. 엄마들이

쓰던 침대와 내가 어릴 적 쓰던 침대가
있었는데, 박세희 엄마가 돌아가신 후에 내
침대는 팔아버리고 엄마와 내가 침대를 함께
썼다. 그리고 커다란 장롱이 두 개 있었다.
하나에는 엄마의 옷과 철 지난 이불과 시트
등이 들어 있었고, 다른 하나는 보통 잠겨
있었다. 나는 이불이 있는 장롱에 들어가
놀다가 이불을 다 흐트러뜨려서 엄마에게
야단맞곤 했다. 하지만 부드러운 그늘에서
포근한 이불을 파고드는 감각은 너무나
아늑해서, 엄마의 심하지 않은 야단 정도는
감수할 만한 가치가 있었다.

　　그러나 이불 밖 세계는 내게 별로
친절하지 않았다. 어린이집까지는 괜찮았지만,
유치원에 가자 벌써 '납골당집 애'라는
이야기를 듣기 시작했다. 누구한테서
흘러나왔는지 모르겠지만, 아이들은 뜻도

모르면서 '납골당집 애'라고 나를 놀렸고, 나도 왜 화나는지 모르면서 화를 냈다. 나는 말로 누구에게 상처 줄 수 있을 만큼 말을 잘하는 아이는 아니었다. 그래서 누가 나를 놀리면 때리고, 꼬집고, 물고, 찼다. 당연히 원생들의 부모에게서 항의가 빗발쳤고 엄마는 나 대신 가서 사과를 했지만 나를 세게 꾸짖지는 않았다. 단지 가끔가다 내 얼굴을 들여다보며 말했다.

"소현아, 친구들을 때리거나 꼬집으면 못써."

"왜 못써? 걔네들이 날 먼저 놀리는데."

"소현아, 네 이름은 돌아가신 엄마가 지어주셨어. '근본이 어질어라' 하고 본디 소, 어질 현. 어진 사람이 남들이 조금 놀린다고 그렇게 화가 나서 때리고 꼬집고 그러면 되겠어?"

"⋯⋯하지만 어진 사람이 참기만 해야
하는 거면 나 어진 사람 안 할래. 엄마가 이름
바꿔줘."

이쯤 되면 엄마는 웃으며 "아이고,
말로는 우리 소현이 못 당하겠다. 그래. 어진
사람이 꼭 참기만 해야 하는 건 아니지.
하지만 앞으로는 친구들을 때리기 전에 집에
와서 엄마한테 말을 하렴" 하고 지나갔다.
그러나 그때 엄마 얼굴이 슬퍼 보여서, 나는
엄마 말대로 집에 와서 엄마에게 말한 다음
때려야겠다고 다짐했다.

그러고 며칠이 지난 다음이었다. 아이들은
또 나를 놀렸고, 나는 참았다가 집에 와서
엄마에게 이르려고 했다. 그런데 엄마는
급한 전화를 받고 있었다. 입으로는 바삐
말을 하면서 나더러 손짓으로 관리동 쪽을
가리켰다. 관리동에 가 있으라는 말이었다.

나는 한풀 꺾여 침실로 들어갔다.

침실에 들어가 엄마가 없을 때면 늘 하던 대로 장롱 속 이불에 누워 뒹굴거리다 보니 마음이 좀 가라앉았다. 엄마가 들어올 때를 기다렸지만 엄마는 좀처럼 오지 않았다. 다시 심심해진 나는 장롱에서 나와 방 안을 둘러보았다. 늘 보던 방이었지만 조금 달라진 데가 있었다. 이불장의 옆 장롱 문이 빼꼼 열려 있었다. 조금 열리다 만 장롱 문처럼 어린이의 호기심을 자극하는 것이 어디 있을까. 나는 두근거리는 가슴으로 그 문을 마저 열었다.

그 안에는 이상한 것들이 있었다. 가정용 3단 스마트 팜과 작은 3단 정리대에 늘어선 십수 개의 정수기들, 색색의 빛 뭉치들이 그 사이를 오갔다. 빛 덩어리는 엄마의 새끼손가락만 했다. 정수기들은 분수처럼 솟아올랐으나 멋지게 물을 뿜어내지는 않았고,

중간까지 솟아오르다가 도로 내려갔다. 광경만 보면 감탄할 만했으나, 그것들이 뿜어내는 적의는 분명했다. 내 머릿속에 그들의 말이 메아리쳤다.

'넌 누구야? 나가!'

'꺼져! 우리를 가만 놔둬!'

'제발 가! 가줘! 우린 아무 짓도 하지 않았잖아.'

나는 그때 네 살 아니면 다섯 살이었고, 그 나이 또래 아이들은 화가 나면 작은 짐승이 된다. 그리고 그때는 유치원에서 불붙은 화가 아직 다 꺼지지 않았을 때였다. 나는 신경질을 내며 울부짖었다. 정수기 몇 개를 넘어뜨리고 스마트 팜에 난 풀을 쥐어뜯었다.

"뭐야! 너희야말로 꺼져! 우리 집이야! 우리 집이라고!"

놀란 빛무리 몇 개가 화드득 날아 열린

창문 밖으로 사라졌다. 바닥에 쏟아진 물은
몇 차례 꿀렁거리더니 생명력을 잃었다.
얼마나 그러고 있었는지 모르겠는데, 엄마가
들어왔다. 나는 야단맞을 것을 예감하며
얼어붙어 엄마를 쳐다보았지만, 엄마는
창백해진 채 넋 나간 얼굴로 나를 한참
바라보다가 외쳤다.

"세상에…… 소현아! 그건 건드리면 안 돼!"

처음 들어보는 엄마의 새된 목소리에
나는 자기도 모르게 움츠러들었지만, 엄마는
나를 와락 끌어안고 토닥였다. 엄마의 따스한
체온이 몸에 퍼지고, 어느 정도 시간이 흘러
엄마가 야단을 치지 않을 것이 확실해지자
나는 엄마에게 안긴 채 엉엉 울었다.

"엄마, 유치원 애들이 나를 납골당집
애라고 놀려. 그리고 장롱 안에 있는 애들은
나더러 꺼지래! 여긴 우리 집인데, 우리

집인데……."

"알았어, 알았어……."

그날 저녁부터 엄마는 비어 있던 넓은 방 하나를 말끔히 청소하고 예쁘게 꾸몄다. 벽지는 내가 좋아하는 연푸른색으로 바르고, 하얀 레이스 커튼을 달고 예쁜 인형이 든 장식장을 갖다 놓고 내가 갖고 싶었던 2층 침대와 책상, 작은 책장과 장롱을 들여놓았다. 그러고 나서 "소현아, 여기는 네 방이야" 하고 말했다. 덕분에 나는 며칠 전 있었던 일은 전부 잊어버리고 말았다. 그다음부터 장롱이 절대 열리지 않았다는 것도 눈치채지 못했다.

그렇게 하나의 기억이 묻혔다. 나에게도 불편한 기억이었기 때문에 쉽게 묻어버렸는지도 모른다. 나는 내게 적대적이었던 장롱보다는 새로 생긴 내 방을 되새기는 것이 마냥 좋았다. 초등학교 때는 나를 놀리지 않는 친구들을 데려와 방에서 놀았다. 자기 방이 있는 친구들은 제법 있었지만, 나만큼 넓고 좋은 방을 가진 친구는 거의 없었다. 고학년이 되어 내 전용 홀로그램 시스템까지 갖게 되자 나는 내 방에 있을 때 가장 행복했다.

중학생이 되어 사춘기에 접어들 즈음에는 내 방이 너무나 익숙해졌고, 엄마 방에는 들어갈 생각조차 하지 않았다. 엄마가 하는 말 하나하나가 고깝게 들렸다. 그러고 나서 밤에는 침대에 누워 후회했다. 엄마는 내가 잘되기만을 바라는데. 엄마는 소송이라는 힘든 고비를 혼자 넘고 있는데. 하지만 낮이 되어 엄마 얼굴을 보고 숙제하라, 공부하라는 말을 들으면 또 화가 났다. 죽은 엄마가 있었으면 달랐을까. 그런 생각을 하면 눈물이 났다.

내가 2학년에 올라갈 때, 마침내 죽은

엄마에 대한 국가폭력이 인정되고 3억 원의
배상금이 지급되었다. 살아남은 엄마에게는
마침표 하나를 찍은 것이었는지도 모른다.
하지만 내게는 그렇지 않았다. 아이들은
배상금의 규모를 몇 배나 부풀려 말했고,
내가 대학교에 갈 때 특혜를 받을 거라고
수군거렸다. 내 등에 귀가 달렸는지, 아무도
내게 말해주지 않았는데도 다 귀에 들어왔다.
귀가 등에 달렸을 때의 문제는 돌아보았을
때 누가 말했는지 절대 알 수 없다는 점이다.
그렇다고 누군지도 모르는 입에 대고 화를 낼
수도 없었다. 이제 학교는 하나의 녹록지 않은
사회였다. 함부로 행동했다가는 내게 화가
돌아왔다.

　　어떤 선생님들의 경외 어린 눈길도
부담스러웠다. 나는 아무 일도 하지 않았고,
어린 나이에 엄마를 잃었을 뿐이다. 나머지는

살아남은 엄마가 다 해주었다. 소송도, 기부도, 시간 날 때마다 차원 난민 운동 단체의 행사에 나가며 죽은 엄마의 유지를 잇는 일도. 그런데 그런 선생님들은 마치 내가 무슨 일인가 저지른 것처럼, 아니면 앞으로 무슨 기특한 일을 해야 할 것처럼 나를 바라보았다. 그런 눈길과 마주치면 가슴이 덜컥 내려앉으며 빚쟁이를 마주친 채무자처럼 마음이 쪼그라들었다.

그러나 사회와 완전히 등을 지고 살 수는 없었다. 사회는 정의롭지 않아도 우리의 교육과정은 정의를 가르쳤기에 더욱 그랬다. 학년이 올라가면서 우리는 자유를 배웠고, 불의한 정부에 저항할 권리를 배웠고, 인류가 역사상 저지른 수많은 과오들을 배웠다. 그때마다 나는 저도 모르게 입가가 비뚤어졌다. '옳은 건 알지만 그래서 내가 뭘

어떡해?'와 '내가 뭘 할 수는 없지만 옳은 건
안다'의 모순이 늘 마음속에서 맞부딪쳤다.
그리고 세계에는 늘 너무나 많은 문제들이
있었다. 기후 위기는 여전했고, 전쟁은
우리나라에서만 아직 운 좋게 일어나지
않았을 뿐 어디에선가 늘 일어났고, 환경
파괴는 전 세계에서 계속되고 있었고, 빈곤과
불평등은 우리나라의 문제이기도 했다. 나라고
부족함을 전혀 느끼지 않으면서 산 것은
아니지만, 엄마 덕택에 누릴 수 있었던 비교적
안온한 환경에서 조금만 눈을 돌리면 보이는
문제들, 문제들. 그런 문제들을 생각하면
뭍 위에 올라온 물고기처럼 숨을 헐떡이고
싶어졌다.

　　그러는 사이 어느덧 고3이 되었다.
자라면서 학원 한 번 다녀보지 않은 나는
선생님들이 조금이라도 더 좋은 학교, 좋은

학과에 올려 보내려고 애쓰는 엘리트 그룹은
아니었지만, 그렇다고 완전히 손을 놓아버릴
정도로 공부를 못하는 아이도 아니었다.
그래서 내가 반려동물 장례지도학과에 간다고
하자 선생님들은 "소현이는 좀 더 좋은 과를 갈
수 있을 텐데" 하고 아쉬워했다. 하지만 나는
큰 욕심이 없었다. 대학을 졸업하고 엄마와
함께 반려동물 납골당을 운영하며 조용히
지내는 것도 나쁘지 않은 삶이라고 생각했다.
그때쯤엔 이미 사춘기가 완전히 끝났는지,
엄마한테는 미안하고 고마운 마음뿐이었다.
엄마는 내게 농반진반으로 "납골당에 박혀
있을 생각하지 말고 넓은 세상을 봐야지.
엄마처럼 불타는 연애도 하고"라고 했지만
나는 별로 그럴 생각이 없었다. 넓은 세상은
현기증만 불러일으킬 것 같았다. 나는 내향성
인간이었다.

그렇지만 논술을 통과하려면 내가
외면하고 싶은 문제들에 대해 읽고 쓰고
생각해야 했다. 반려동물 장례지도학과 같은
커트라인 낮고 경쟁률이 세지 않은 학과라도
그랬다. 나는 반려동물 장례지도와 세계의
역사나 문화가 무슨 관계인지 알 수 없었지만,
학원 선생님 말을 들어보면 그런 학과라서
더 중요한지도 몰랐다. 학원 선생님은 진지한
얼굴로 말했다.

"경쟁률 높은 학과들은 아예 논술
문제부터가 달라. 그런 학과들은 논술은
위장이고 수학, 과학, 철학에 대한 사전 지식이
있어야 하는 전문적인 문제들이 나오니까.
소현이 너는 그 학과에 가기로 했으면 오히려
속 편한 거야. 그냥 옛날부터 알려진 교양서
위주로 읽어."

그래서 나는 수능 공부를 하다가 막히거나

답답하면 교양서를 읽었다. 조선의 궁에 대한 책을 읽으면서 경복궁이나 창경궁에 다녀오기도 했고, 서양미술사 책을 읽으면서 예술의전당에 다녀왔다. 내친김에 서울의 개발 집중과 지역 편중에 대한 책도 읽었지만 이건 논술에 나올 것 같지 않았다. 인권사 책을 읽으면서는 전태일 기념관에 다녀왔다. 고대 이집트와 그리스부터 2040년까지, 내 독서는 좋게 말하면 자유분방하고 실제로는 갈팡질팡했다.

그러던 어느 일요일이었다. 영어 문제집을 풀다가 머리가 아파서 책을 펴 들었다. 2차 대전 당시 아우슈비츠 수용소에 대한 책이었다. 두어 페이지 넘기다가 어떤 구절이 눈을 사로잡았다. "생소한 비탄이 우리의 영혼 속으로 가라앉았다. 그것은 땅을 갖지 못한 민족의 오래된 아픔, 엑소더스에 대한 희망을

잃은 채 매 세기 반복되는 아픔이었다."[*] 나는
그 구절을 입 속에서 굴렸다. 땅을 갖지 못한
민족의 오래된 아픔. 죽은 엄마가, 엄마가
연대하던 차원 난민들이 그 위에 겹쳤다. 갈
곳을 뒤에 두고 떠나온 난민들의 아픔.

그때 벼락처럼 어린 시절에 접어두었던
기억이 엄습했다. 내가 던져버린 정수기에서
꿀렁거리다 잦아들던 물줄기와 쥐어뜯어버린
풀들 사이에서 파드닥 날아가던 빛줄기들.
세상에, 루살카와 페어리들! 엄마는 수용소에
들어가지 않은, 갈 곳 없는 차원 난민들을
소수나마 숨겨주고 있던 것이었다. 나는
그들을 죽이고 내쫓았다. 어린 살육자, 작은
추방 경찰! 나는 나도 모르게 주먹 쥔 손을

• 프리모 레비, 《이것이 인간인가》, 이현경 옮김, 돌베개,
    2007, 16쪽.

힘껏 깨물었다. 차라리 엄마가 그때 나를
때리거나 혼냈으면 좋았으련만. 엄마는 어떻게
나를 용서할 수 있었을까. 눈에 눈물이 고였다.
나는 이불에 머리를 파묻고 소리 죽여 울었다.

　　지금 생각하면 그조차도 이기적인
마음의 발로였다. 내가 죽이고 쫓아버린
차원 난민들에 대한 죄책감이 먼저가 아니라
엄마와 나 사이의 관계가 먼저 생각났다는 건.
사람 마음이 왜 그렇게 되는 건지 모르겠다.
나를 엉엉 울게 만든 것은 죽은 루살카들과
창밖으로 날아가 어떻게 되어버렸을지 모르는
페어리들이 아니라, 나를 야단치지 않고
새 방을 도배하고 커튼을 달아준 엄마였다.
엄마는 어떤 심정으로 난민들에게 어린 딸의
만행에 대해 사죄했을까. 네가 도대체 무슨
짓을 한 건지 아냐고 야단치지 않고 어떻게
버틸 수 있었을까.

그 뒤부터 나는 엄마를 슬슬 피해
다녔다. 엄마와 눈을 마주칠 수가 없었다.
나는 아침 일찍 집에서 나가 저녁 늦게
들어왔다. 그렇다고 공부를 열심히 하는 것도,
게을리하는 것도 아니었다. 내 모의고사
성적은 거기서 거기였다. 시험이 50일도 남지
않았는데 갑자기 과를 바꿀 결단력은 없었고,
반려동물 장례지도학과가 있는 학교는 전국에
네다섯 군데밖에 없었다. 나는 여전히 여유
있게 합격권 안에 들어갔다.

변한 것은 내 목표뿐이었다. 예전에는
엄마의 납골당 옆에 조촐하게 반려동물
장례식장을 차려 엄마와 함께 생활하는 것이
꿈이었는데, 이제는 엄마에게서, 내 죄의
과거에서 될 수 있는 대로 먼 곳으로 도망치고
싶었다.

마침내 대학 지원 시기가 되었을 때,

나는 수도권 I시에 위치한 대학의 반려동물 장례지도학과에 지원했다. 대학은 중요하지 않았다. 엄마와 떨어져서 자취를 할 수 있다는 것이 중요했다.

"두 시간 반씩 학교를 오가기는 무리겠지. 학교 근처에 방을 얻어야겠구나."

엄마가 내 속을 들여다본 듯 그렇게 이야기할 때, 나는 어쩔 줄을 모르고 고개만 숙였다.

3

대학 생활은 바쁜 듯 한가했다. 같은 과 아이들 절반은 학적만 걸어두고 재수에 매진했고, 나머지 절반은 공부를 하는 듯 마는 듯 놀러 다녔기 때문에 가만히 수업만 놓치지 않고 들어도 과에서 높은 성적을 내기는

어렵지 않았다. 나는 술을 마시지 않았고,
친구도 애써 사귀지 않았다. 그러나 운동권이
여는 집회에는 될 수 있는 대로 참석했다.
집회에 모이는 운동권이라고 해봤자 학교
전체를 통틀어 40~50명 남짓이었다. 기후
위기, 여성 인권, 성소수자 인권, 노동자 탄압,
외교 문제, 난민 및 차원 난민 인권 등 주제는
다양했지만 만나는 얼굴은 늘 그 얼굴이 그
얼굴이었다. 몇 번 나가자 아는 척을 하는
사람들이 생겼지만, 나는 최대한 방관자
같은 모습으로 서 있으려고 노력했다. 하지만
〈차원 난민의 노래〉가 나올 때마다 눈물이
흘러나오는 것은 어쩔 수 없었다.

끝없이 흐르고, 걷고, 날고,
차원을 건너 미지의 세계로
하지만 우리가 마주하는 건

두려움과 거부, 차별과 증오

전쟁과 가난에서 떠나온 힘으로
생존과 인권과 존엄성을 향해
정의롭고 친절한 세상을 위해
종(種)을 넘어 우리는 함께하리라

우리가 떠나온 곳은 절망과 어둠
우리가 원하는 것은 희망과 빛
마음을 열고 손을 내밀어
마침내 우주는 하나가 되리

전쟁과 폐허에서 떠나온 힘으로
생존과 인권과 존엄성을 향해
정의롭고 자유로운 세상을 위해
종을 넘어 우리는 함께하리라

'종을 넘어 우리는 함께하리라' 부분에서 나는 늘 훌쩍거렸다. 그렇지만 누군가가 손수건을 건네줄 거라고는 생각해본 적이 없었다. 가무잡잡하고 큰 손이 정갈하게 접힌 남색 체크무늬 손수건을 쥐고 내게 건네주고 있었다.

"이거, 쓰세요."

나는 순간 어쩔 줄을 모르고 그의 얼굴을 쳐다보았다. 180센티미터가 조금 안 되어 보이는 키의 가무잡잡한 얼굴에 진한 눈썹과 큰 눈이 돋보였다. 베트남이나 인도네시아계, 어쩌면 인도계일지도 모르겠다는 생각이 드는 이국적인 외모였다. 잠깐 거절할까 생각했지만 다시 눈물 콧물이 줄줄 새어 나오기 시작했다. 나는 고개를 끄덕이며 손수건을 받아 눈물 콧물을 닦고 말했다.

"빨아서 돌려드릴게요."

"괜찮아요. 그냥 쓰셔도 돼요."

그러나 나는 다음 집회에 그 손수건을
빨아 다려서 가져갔고, 그는 자기 이름이
준호라고 말했다. 나도 내 이름을 말했고,
그다음 집회에서 우리는 전화번호를 교환했다.
알고 보니 그는 사회복지학과에 다니고
있었다. 나와 수업도 몇 개 겹쳐 있었는데 전혀
몰랐던 것이다. 몇 번의 집회에서 마주친 후
그는 나를 내 자취방에 데려다주었다.

우리가 연인이 되는 데는 한 달도 걸리지
않았다.

생각했던 대로 그는 베트남계였고,
어머니가 지어준 그의 베트남 이름은
민이었다. 하지만 아버지가 쓰지 않으니
어머니도 거의 쓰지 않아서 그의 말에 따르면
'퇴화한 꼬리뼈처럼' 매달려 있기만 한
이름이었다.

"게다가 내 성이 민 씨거든. 민을 두 번째 이름으로 쓰든, 세 번째 이름으로 쓰든, 민 민 준호. 민 준호 민. 어느 쪽도 이상하잖아."

"그렇게 이상하진 않은걸. 거울 같아서 좋아."

우리는 아르바이트가 끝난 후 내 자취방에 누워 노닥거리다가 그런 시시한 이야기를 하며 웃었다. 준호는 나에 대해 끝없이 알고 싶어 했다.

"소현이는 왜 반려동물 장례지도학과에 들어갔어? 어렸을 때 반려동물을 키웠어?"

"아니, 그건 아냐. 엄마가 반려동물 납골당을 하셔. 그래서 엄마 옆에서 반려동물 장례식장을 하면 좋겠다고 생각했어."

"엄마를 많이 사랑하는구나."

"지금은…… 모르겠어. 오히려 당분간 엄마 옆을 떠나서 다른 곳에서 장례식장을 하고 싶어. 지금은 돈이 없으니까 다른 사람 장례식장에서 경험을 쌓고 싶기도 하고. 아직 1학년이니까 꼭 장례식장에 취직하라는 법도 없고. 전공 살려서 취직하면 운 좋은 거잖아. 넌 왜 사회복지학과에 들어갔는데?"

"내가 어렸을 때 우리 아버지는 무척 독재적이었어. 도시에 살면서도 엄마가 말도 제대로 배우지 못하게 하고, 생활비도 세어가며 주었지. 초등학교 다닐 무렵까지 그랬어. 엄마는 아버지와 나이가 비슷하고 베트남에서 대학을 나왔는데도."

"2040년대에?"

"2040년대에. 그때 도움을 준 게 우리 동네 사회복지사였어. 엄마가 용케 사회복지사를 찾아갔고, 사회복지사가 행정명령까지 이끌어내 엄마의 교육과 취직, 부부 상담을 도와줬어. 그 후로 아버지는 많이

나아졌고, 이제는 두 분이 대체로 사이좋게 잘 사셔. 그때부터 내 꿈은 사회복지사가 되었어."

"그렇구나. 멋지다."

"뭐가 멋져?"

"우리 이웃의 평범한 영웅이 한 가정을 구하고, 그 가정의 소년이 다시 그런 영웅이 되기로 마음먹은 거잖아. 이거야말로 옛날 말로 선한 영향력! 난 스케일이 큰 것보다 이런 게 더 멋지다고 생각해."

"〈차원 난민의 노래〉를 부르면서 울 때 알아봤어. 넌 작은 것에 잘 감동하는구나. 그래서 네가 더 좋아."

"……."

내가 작은 것에 잘 감동한다고 이야기하면서도, 준호가 내게 선물하는 것은 '작은 것'들은 아니었다. 모두들 가난하고 살아남기 힘들어 아등바등하는 시대에,

100일에 정말로 장미 100송이를 받아본 사람은 내 주변에 나밖에 없었다. 준호가 돈 많은 집 자식도 아니고, 석 달 동안 햄버거집 아르바이트를 해서 모은 돈으로 장미를 산 것을 알고 있었다. 아름으로 안은 장미 바구니에서 풍기는 짙은 향기에 나는 또 울고 말았다. 준호는 씨익 웃으며 "1주년 기념일에는 우리 커플링 할까?" 하고 나를 도닥였다.

나는 그런 준호가 정말 좋았다. 그래서 한편으로 무서웠다. 내가 지은 죄를 알고도 준호가 날 좋아해줄까? 내가 저지른 짓을 포용해줄까? 아니면 내 죄의 무게를 견디지 못하고 나를 떠나갈까?

비밀을 안고 사는 것은 생각보다 괴로운 일이었다. 2학기 기말고사가 끝나고 200일 기념으로 준호와 프렌치 레스토랑에 가서

생전 먹어보지 못한 음식들을 먹고 처음으로
와인을 마신 날, 비틀거리며 방에 들어온 나는
결국 준호에게 어릴 적 저지른 일을 털어놓고
말았다. 준호는 울 듯 말 듯한 얼굴로 나를
안아주었다. 나는 울었다.

"그래서 네가 늘 울었구나, 그
부분에서……."

"나는 누구와도 함께할 자격이 없어."

"너무 어렸을 때 저지른 일이야. 아무것도
모르고."

"하지만 끔찍하지 않아? 내 손끝에서 차원
난민들이 몇 명이나 죽어나갔어. 어린아이의
변덕에, 아무 의미도 없이."

"쉬잇, 쉿……."

준호의 입술이 내 입을 막았다. 울다가
입술이 막힌 나는 딸꾹질을 했다. 준호는
딸꾹질이 가라앉을 때까지 천천히, 천천히 내

등을 쓰다듬었다.

그렇게, 준호의 손길이 나를 쓰다듬도록
가만히 놓아두었으면 딸꾹질처럼 언젠가 내
상처도 치유되었을까? 하지만 나의 얄궂은
자의식은 그렇게 놓아두지 않았다. 두려워하던
것처럼 준호가 나를 떠나지는 않았다. 그러나
이 죄책감까지 짊어지고 나와 만나기에는
준호는 너무 착하고 깨끗하다는 생각이,
준호와 나를 서서히 멀어지게 했다. 내가
조금씩 준호를 피하기 시작했다. 일주일에
세 번 만나던 것을 두 번으로, 두 번 만나던
것을 한 번으로 줄였다. 그렇게 기다리다
만날 때마다 준호는 서글픈 얼굴로 나를
바라보았지만, 나를 나무라지는 않았다. 두어
달 후 마침내 학교 앞 카페에 앉아 이별을
고하던 날 준호는 말했다.

"중학교 때였나, 〈마테오 팔코네〉라는

단편소설을 읽은 적이 있어. 경찰에게서
도망자를 숨겨주겠다고 했다가 배신한
열 살짜리 아들을 아버지가 쏘아 죽이는
이야기였어. 끔찍했지. 왜 그런 게 대대로
내려오는 명작인지 알 수가 없었어."

"나도, 그거 읽었던 것 같아. 아이가
불쌍했어."

"그런데 네 안에는 그 아버지와 아들이
함께 사는 것 같아. 모르고 죄를 저지른 아들과
그 아들을 끝없이 쏘아 죽이는 아버지가."

"……."

"아이를 조금 더 불쌍히 여겨줘."

"……."

"난 정말 너와 헤어지기 싫지만, 무슨
이유로든 네가 나와 헤어져야 한다고
생각한다면 어쩔 수 없지. 네 마음속에 있는 두
사람이 언젠가 평화를 찾을 수 있으면 좋겠어.

내가 너에게 평화를 줄 수 있는 그릇이 못

되어서 미안해."

　나는 끝까지 아무 말도 하지 못했다.

벌게진 눈으로 준호를 바라볼 뿐이었다.

식어가는 커피 잔을 앞에 놓고 우리 둘은 한참

미동도 없이 앉아 있었다. 결국 먼저 움직인

것은 준호였다. 준호는 엉거주춤 일어나서

나를 가볍게 껴안아주고 뒤로 돌아 나갔다.

　4

　나는 별일 없이 대학을 졸업했고, I시의

반려동물 장례식장에 취직했다. 한두 달에 한

번씩, 주말이 되면 집에 들러 내 방에서 자곤

했다. 그렇게 4~5년이 흘러갔다. 엄마는 50대

후반에 이르러서도 여전히 차원 난민 집회에

나갔기 때문에, 나도 엄마를 모시고 같이 가야

했다. 박세희 엄마가 죽은 지 근 30년이 다 되어갔지만 개정 난민법도 차원 난민법도 국회에서 꿈쩍하지 않았고, 우리나라는 차원 난민 문제에서 여전히 인권 후진국이었다. 국회에서 차원 난민 문제가 논의될 때마다 '괴물들을 받지 마라!' '한반도가 오염된다!' 같은 차별 발언이 쓰인 플래카드가 거리에 난무했고, 광화문 한편에서 차원 난민 집회가 열리면 맞은편에서 차원 난민 추방을 요구하는 집회가 열렸다. 한두 달에 한 번씩 보는 광경이라 무감해질 만도 한데 볼 때마다 분노로 몸이 떨렸다.

"벤치에 좀 앉았다 갈까? 요즘 차를 오래 타기만 하면 피곤하더라."

엄마가 시계를 보더니 말했다. 집회 시작까지 한 30분 남아 있었다.

"날도 추운데 바깥에 앉아 있느니

어디 가서 차라도 마시든지요. 엄마 그거
갱년기 증상인가 봐. 언제 가서 건강검진 좀
받아봐요."

"딸, 잔소리는 고맙지만 차는 됐다. 저번에
들어가 앉았더니 옆자리에서 노친네들 혐오
발언 생방송하는 거 듣고 학을 뗐잖니. 그렇게
춥지도 않으니까 여기서 바람이나 쐬면서
기다리자."

"엄마도 노친네지. 그냥 귀 막고 따뜻한 데
계시지 그래요."

"맞다, 나도 노친네지. 그래도 난 마음 편히
시원한 데 있는 노친네 하련다."

엄마는 초겨울 싸늘한 바람 속에서 눈을
감고 햇볕을 받았다. 나는 옆에서 엄마의
모습을 지켜보았다. 언제 생겼는지도 모를
기미와 잔주름이 엄마의 눈가를 타고 오르고
있었다. 가슴이 뭉클했다.

'이걸로 된 걸까……'

나는 내 또래 중에선 드물게 평화로운 나날을 보내고 있었다. 장례식장 일은 최저임금을 조금 웃도는 박봉이었지만 대신 안정적이었고, 반려동물을 잃은 사람들의 슬픔을 받아내고 도닥거리며 알맞은 예식을 갖추어주는 일도 적성에 맞는 것 같았다. 개인적으로는, 이제 어렸을 적의 죄의식과도 약간 거리를 두고 지낼 수 있게 되었다. 아직도 엄마 방에 들어가지는 못했지만, 엄마를 바라볼 때 무섭고 미안하고 죄책감에 휩싸이기만 하는 것이 아니라 그만큼 내가 잘 받쳐드려야지 하는 생각을 할 정도로 철이 들었다.

그런저런 상념에 잠겨 있을 때, 누군가가 우리 앞에서 멈추더니 알은척을 했다.

"김연우 선생님 아니세요? 집회 오셨구나?

옆 분은 따님이세요?"

엄마가 눈을 뜨더니 반가운 얼굴로
인사했다.

"아, 이세은 선생님. 네, 딸이에요.
박김소현이라고 해요. 소현아, 인사드려라.
매일같이 집회에서 뵙는단다. 집에도 가끔
놀러 오시는데 네가 없었지."

나는 황급히 인사를 하며 앞에 선 엄마
친구분을 훔쳐보았다. 초겨울에 잘 어울리는
미색 트렌치코트를 입고 슬랙스에 가벼운
운동화를 신은 이세은 선생님은 검고 짙은
눈동자와 큰 입이 인상적인 미인이었다.
어쩐지 사람 마음을 따스하게 만드는
눈동자라고 생각했다. 이세은 선생님은 시계를
보더니 우리에게 손짓했다.

"이제 슬슬 가실 시간이에요. 오늘도
발언하시나요?"

"아뇨, 요새는 주최 측에서 특별히 요청하지 않으면 따로 발언 안 해요. 기력이 딸리기도 하고, 이제는 차원 난민 당사자들이랑 젊은 사람들이 더 많이 말해야죠."

"잘됐네요. 그럼 같이 계십시다."

집회가 끝날 때쯤, 나는 이세은 선생님에게 흠뻑 빠져 있었다. 이세은 선생님은 목소리가 맑았고, 위트 있었고, 크게 웃는 모습이 매력적이었다. 정치적인 수사 속에 감추어진 노선 차이를 쏙쏙 빼서 내게 해설해주었고, 내가 어리둥절한 표정을 지을 때면 상냥하게 웃으며 더 자세히 이야기해주든가 내가 이해할 때까지 기다려주었다. 돌아오는 길에 내가 어찌나 이세은 선생님 이야기를 했는지, 엄마가 웃으며 말했다.

"다 안다. 나도 그 자리에서 다 들었잖니. 이세은 선생, 좋은 사람이고 매력적인 사람이지. 그런데 너무 푹 빠지지는 마라."

"왜요?"

"글쎄…… 너는 어렸을 때부터 무심하다가도 어디 한군데 빠지면 푹 빠지는 경향이 있었으니까."

엄마는 알 듯 모를 듯 그렇게만 말하고 입을 다물었다. 나는 찜찜한 위화감을 느꼈다. 마치 엄마가 내가 모르는 방식으로 경고를 날리는 것만 같았다.

공교롭게도 그다음 집회에 엄마는 감기로 나가지 못했다. 여느 때 같으면 내 자취방에서 뒹굴거리거나 엄마에게 가서 서툰 손놀림으로나마 간호를 했을 것이다. 그러나 나는 두근거리는 가슴을 안고 서울의 집회 장소로 향했다. 주최 측과 함께 서 있는 이세은 선생님을 찾는 건 어렵지 않았다.

"선생님, 안녕하세요."

"오, 소현 씨. 김연우 선생은 안 오시고 혼자 왔어요?"

"엄마는 감기에 걸려서 오늘은 저 혼자 왔어요. 선생님은 혼자세요?"

"나는 비혼이거든."

장난스레 눈을 찡긋하며 내뱉는 말에 왜 가슴이 두근거릴까. 그날 나는 선생님과 번호를 교환했다. 알고 보니 선생님은 I시의 내 자취방과 가까운 곳에 살고 있었다. 그것만으로 이렇게 행복해도 될까.

겨울이 가고 봄이 올 적에 나는 집 근처의 작은 카페에서 선생님에게 사랑을 고백했다. 내 말을 다 들은 선생님은 난처한 듯이 웃었다.

"소현아, 난 친구 딸과는 연애하지 않아."

"왜요? 왜 그런 선을 그어놓으시는 거죠?"

"네 엄마는 좋은 친구니까. 너와 연애하다 깨진다면 네 엄마와도 사이가 안 좋아지잖니. 난 애인도 친구도 한 번에 잃고 싶지 않아."

"저…… 저랑 깨지지 않으면 되잖아요!"

말을 하면서도 이것이 얼마나 지독하고 유치한 어리광인지 알고 있었다. 이제 30대에 접어드는 여자가 할 말은 아니었다. 알고 있으면서도 다시 한번 붙잡고 싶었다. 그 정도로 선생님이 좋았다. 그러나 선생님은 단호하게 고개를 저었다.

"소현아, 나도 널 좋아해. 그러니까 우린 이 정도로 거리를 지키는 게 좋아. 네 마음은 고맙게 간직할게."

내가 움직이지 않자 선생님이 먼저 움직였다. 선생님은 내 이마에 가볍게 입을 맞추었다.

"아줌마를 좋아해줘서 고마워. 하지만

여기까지. 다음엔 네 엄마랑 같이 웃으면서
만나자."

　그 주말에는 새로 빤 이불을 붙들고
하염없이 울었다. 하지만 그다음 주말에는
엄마를 보러 가기로 약속했었다. 나는 풀이
죽은 채 시외버스를 타고 엄마에게 향했다. 내
얼굴에 뭐라고 쓰여 있었는지, 엄마는 집에
들어서는 나를 보자마자 안아주었다.

　"고생이 많았구나, 우리 딸."

　나는 나보다 작은 엄마 어깨에 머리를
박고 다시 울었다.

　그것도 벌써 10여 년 전 일이다. 내가
엄마와 함께 이세은 선생님의 발인에 간 것이
4년 전이었다. 이세은 선생님은 혈액암 항암
치료를 하다가 돌아가셨다. 장례는 고인의
뜻에 따라 수목장으로 진행했다.

　"네가 한참 이세은 선생 좋아하던

때, 그때 이미 1차 항암 중이었어. 워낙
조기에 발견했고 경과가 좋아서 오래 살 줄
알았는데…… 그예 전이가 되고 말았구나."

엄마가 영생목에서 오솔길로 걸어 나오며
작은 소리로 말했다. 나는 그 와중에도 얼굴이
빨개졌다.

"엄마…… 알고 있었어요?"

"사랑과 재채기는 숨길 수가 없다지?
당연히 알고 있었지. 하지만 그때 이 선생,
항암 때문에 누구라도 좋아할 마음의 여유가
없었을 거다. 그럴 때 누구한테 기대는
사람도 있지만 이 선생은 그런 타입의 사람은
아니었거든. 너라서 밀어낸 건 아니었을 거야."

"그러면 뭐 해요."

나는 풀이 죽어서 작은 목소리로
말했지만, 나중에 그 말은 조금이나마 위로가
되었다.

5

"난 그만 은퇴하련다. 네가 납골당을
맡아주렴."

시간이 훌쩍 흘러 엄마가 일흔이 되던
날, 생일 케이크의 촛불을 불어 끈 다음
엄마는 선언했다. 나는 고개를 끄덕였다. 사실
예상하지 못한 바도 아니었다. 몇 년 전부터
엄마는 관절염 때문에 집회에 나가기도
힘들어했고, 납골당 관리도 슬슬 힘에
부친다는 이야기를 가끔 꺼내곤 했다. 하지만
납골당은 박세희 엄마와 함께 만든 곳이었고
대출도 다 갚은 온전한 '우리 보금자리'이기
때문에 내가 이어갔으면 좋겠다는 이야기를
진지하게 논의했었다.

나는 그 제안을 받아들일 수도,
받아들이지 않을 수도 있었다. 그동안 나는

평생교육원에서 펫로스 케어 중점교육과정을 수료해서 펫로스 케어 전담관리사로 활동하고 있었고, 굳이 납골당 관리를 하지 않아도 생활할 수 있었다. 그러나 엄마의 말대로 하기로 한 것은 역시 어린 시절 지은 죄의 인력 때문이라고 나는 생각했다. 엄마는 당연히 알고 있겠지만, 언젠가는 내 입으로 고백해야 할 일이었다. 나는 말할 것이다. 그다음에 엄마의 인도를 받을 것이다. 엄마는 나를 사랑하니까, 내가 어떻게 해야 할지 이끌어줄 것이다.

"엄마, 그 전에 할 말이 있어요."

막상 말을 하려니까 입이 잘 떼어지지 않았다. 나는 띄엄띄엄 어린 시절의 기억을 풀어놓았다. 유치원에서 화가 나 돌아왔던 일, 장롱이 약간 열려 있어서 열어보았는데 날카로운 반응이 돌아왔던 일, 마구

날뛰며 물을 쏟고 빛을 쫓아 보냈던 일……
그리고 고등학교 때에야 그것이 루살카와
페어리들이었음을 알게 되었다는 것까지.

　모든 것을 풀어놓고 나니 입이 마르고
한숨이 나왔다. 눈물이 나올 줄 알았는데
눈가는 그저 버석버석했다. 나는 형의 언도를
기다리는 죄인의 심정으로 엄마의 얼굴만
바라보았다. 엄마는 무어라 형언할 수 없는
표정을 짓고 있었다. 마침내 엄마가 입을
열었다.

　"그래, 기억하고 있었구나……. 엄마는 네가
잊어버린 줄 알고 살았어."

　엄마는 일어나서 안방으로 따라오라는
손짓을 했다.

　"안 그래도 네가 잊어버렸으면 지금쯤
내가 이야기하려고 했다. 그다음에 어떻게
되었는지."

엄마는 장롱을 열었다. 내 공포와
죄의식의 근원이던 장롱. 놀랍게도 장롱은
비어 있었다. 아니, 자세히 보니 비어 있지는
않았다. 장롱 안쪽 깊숙이 작은 봉안함 두
개가 들어 있었다. 옛날에 내가 보았던 분수
같은 정수기들과 화려한 빛의 세계는 흔적도
없었다. 내 놀란 표정을 본 엄마가 슬프게
웃었다.

"왼쪽 봉안함은 그때 죽은 루살카들의
영혼을 봉안한 거고, 오른쪽은 페어리들의
영혼을 봉안한 거란다. 물론 속은 비어 있어.
그네들의 영혼은 죽은 다음에 다른 차원으로
떠나가 버리니까. 이건 그냥…… 상징적인
거지."

"그럼, 그 난민들은 어디로 갔어요?"

"난민들은 그때 매우 화를 냈지. 오랜
시간이 걸려서야 그들의 개념으로 네가 '아직

덜 태어난 자'라는 걸 이해시킬 수 있었단다. 그들은 태어나자마자 완전한 개체니까. 오랜 시간이 걸렸지만 그들은 너를 용서했어. 그 후로도 한참 우리 집에 같이 살았지. 너도 알다시피 갈 곳이 없었잖니. 하지만 12~13년 전쯤에 범차원 난민 단체가 생기면서, 정부가 그 단체는 그렇게 쉽게 침탈하지 못한다는 이야기가 돌자 난민들은 그쪽으로 가겠다고 했어. 장롱 속이 갑갑할 만도 했지. 난민 운동에 손을 보태고 싶을 만도 했을 테고. 나는 말리지 않았어. 그건 그들의 권리니까."

"맞아요. 그건 그들의 권리지요."

멍하니 엄마 말을 따라 하며 나는 봉안함을 바라보았다. 그 오랜 세월 동안 가슴을 조이던 죄의식과 부끄러움이 단지 두 개로 화해 덩그러니 놓여 있었다. 나는 어떻게 행동해야 할지 몰랐다. 그런데 옆에서 엄마가

눈을 감고 손을 모아 합장을 하며 허리를
숙였다. 나도 반사적으로 엄마를 따라 했다.
엄마가 눈을 감은 채 말했다.

"그날부터, 나는 참회의 마음을
담아 아침저녁으로 빌었단다. 소현이를
용서해주세요. 소현이가 잘못했습니다.
그날따라 문을 열어놓고 나간 나도
잘못했습니다. 할 말이 없습니다. 그저
용서만을 빕니다."

"용서해주세요……"

영혼이 없는 항아리 두 개를 앞에 놓고
빌면서, 나는 이것이 무지개나래 반려동물
납골당을 이어받는다는 것의 참뜻임을
직감했다.

이제 엄마와 나는 무지개나래 반려동물
납골당을 관리하며 평화롭게 살아간다.
무지개나래 반려동물 납골당은 아침 10시부터

저녁 6시까지 운영하지만, 직장인을 위한 펫로스 케어 상담은 저녁 8시까지 운영한다. 그리고 엄마와 나는 아침저녁으로 장롱을 열고 봉안함에 용서를 빈다. 우리는 죽을 때까지 그렇게 살아갈 것이다.

작가의 말

아무튼 이것은 반려동물 납골당에 대한
이야기가 아니다. 모녀가 물려주고 물려받는
어느 둥지에 대한 이야기일지는 모르겠다.
그럴 수는 있다.

하지만 연애 이야기는 아니다. 운동권
이야기도 아니다. 그렇게 읽는 것은 독자의
자유지만, 나에게 이 이야기는 어느
어린아이의 돌이킬 수 없는 잘못에 대한
이야기다.

누구나 어린 시절에 잘못을 저지른다.

대체로 어른들의 선에서 무마할 수 있는
사소한 잘못이다. 그것이 어린아이의 한계이며
특권이라고 생각한다. 아무리 커다란 사고를
쳐도 세상 전체로 보면 별로 큰 흔적을 남기지
않는다는 것. 그래서 어렸을 때는 세상이
무너질 것만 같은 커다란 잘못을 저질렀다고
느껴도, 돌이켜보면 왜 그렇게 크고 무겁게
느껴졌을까 하며 웃음으로 지나갈 수 있는
일들이 대다수다.

하지만 전체에서 대다수를 빼면 지워지지
않는 소수가 남는다.

그래서 이 소설은, 아직도 어린 시절의
잘못을 떠올리면 얼굴이 창백해지는 사람들을
위해 쓰였다. 되돌릴 수 없는 잘못을 입
밖에 낼 수 없는 사람들에게, 어쩌면 이
소설의 가혹해 보이는 결말이 위안이 될지도
모른다는 생각을 하며 썼다. 이미 저질러진

일을 상징적으로나마 속죄할 길이 있다는
것은 위안이 될 수도 있기 때문이다.

　역설적일지도 모르지만, 사람들이 어릴
적의 자기 자신에게 너그럽기를 바라면서.

　우리는 모두 타인에게 너그러워야 하며,
이미 지나간 시간대의 자신도 타인이기
때문이다.

　가장 고통스러운 것은 자기 자신에 대한
미움이다.

2023년 인천에서

송경아

- 36

무지개나래 반려동물 납골당

초판 1쇄 인쇄 2023년 10월 24일
초판 1쇄 발행 2023년 11월 8일

지은이 송경아
펴낸이 이승현

출판2 본부장 박태근
스토리 독자 팀장 김소연
편집 곽선희 김해지 이은정 조은혜
디자인 이세호

펴낸곳 ㈜위즈덤하우스 **출판등록** 2000년 5월 23일 제13-1071호
주소 서울특별시 마포구 양화로 19 합정오피스빌딩 17층
전화 02) 2179-5600 **홈페이지** www.wisdomhouse.co.kr

ISBN 979-11-6812-737-1 04810
      979-11-6812-700-5 (세트)

값 13,000원

한 조각의 문학, 위픽 (wefic)